Copyright © 2025 Nabiwabook
All rights reserved.
By Youngin Kwon
Translation by K. H. Yoo
Designed by Joe Fitz

Tel: 010-8227-8359
Website: nabiwabook.com
E-mail: nabiwabook2021@naver.com
Instagram: instagram.com/nabiwabook_publisher
Blog: blog.naver.com/nabiwabook2021

ISBN: 979-11-989928-1-9
Publication Registration: 2025.02.20

This is a work of fiction. The names, characters, places, and incidents portrayed in it are either are the product of the author's imagination or are used fictitiously. Any resemblance to actual persons, living or dead, events or locales, is entirely coincidental.

All rights are reserved. No part of this publication may be reproduced, stored in a retrieval system, or transmitted in any form or by any means, electronic, mechanical, photocopying, recording or otherwise, without prior permission of the publishers.

THE MERMAN OF H COUNTY

Youngin Kwon

Translated by K. H. Yoo

Nabiwabook

THE MERMAN OF H COUNTY

I stumbled upon an online article introducing H County this morning. It is a place where the salty sea breeze greets you the minute you cross over the country line. A red lighthouse sits where the ocean meets the shore, and next to it, an old bronze statue of a merman. If you walk along the shore near the port, you can hear a peculiar song reverberating faintly through the air. The fishers in the area say it's the sound of a merman calling out to humans. The article, which covered H County's history and legends, featured Hyungchul's name and photograph alongside the story of an elderly fisherman who had allegedly caught a merman in H County during the Joseon dynasty. It was because of what had happened ten years ago, I was sure of it. My heart sank. I stared at his picture for a long time.

A decade ago, news swept the world about the fisherman who had caught a human-shaped fish in H County. That was the beginning of the famous "Merman Incident". Rumors swirled around the small town. People claimed the county mayor sent the fish to the National Forensic Service, which concluded that it was not a human-shaped fish, but rather a fish-shaped human, and that he ate some of the merman's flesh and was miraculously cured of the ailment from which he had long suffered. People came from all over the world to catch a glimpse of the merman, causing traffic jams in and around H County all summer long. Hyungchul, dubbed the "Merman Catcher", became an overnight sensation. Apparently he went from being an unhoused nomad to getting a room to live in rent-free and unlimited free medical treatment at the local clinic. Hyungchul never spoke a word about any of it. He turned down every interview request, and by the time election season rolled around, his face could no longer be seen on television. Soon, the nation was atwitter with the news of the ruling party candidate's child's drug problem, and the once frenzied attention surrounding the Merman Incident died down like a boiling kettle taken off the stove. And just like that, Hyungchul faded into obscurity.

At the time, I was trudging through my own swamp of despair. My five-year-old was in the ICU, and I hadn't spoken to my

THE MERMAN OF H COUNTY

husband in months, not since he left us. I made ends meet by working as an editor at a nearby publishing house, but my nights were dedicated to nursing my child back to health. Nothing worked. When Jiho's doctor called me into her office for a meeting, I knew what she was going to say.

"Your child only has a few months to live. You need to begin making preparations."

Her words struck me like an iron hammer to the head.

It was my father who told me about the Merman Incident. He came all the way to Seoul from Busan with a folder full of newspaper clippings. He believed beyond a shadow of a doubt that Hyungchul had caught a real merman.

"When I was on my deathbed, your grandmother obtained a merman scale and made some medicine with it. That medicine saved my life."

My father was seven years old when he came down a mysterious illness. Apparently, my grandmother had scaled several mountains to get to the only clinic that claimed to have the cure. They gave her a merman scale, which brought my father back from the brink of death. I vaguely remembered hearing this story a few times as a child. My father told me to go right this minute to find a scale of a mermaid or merman.

"Mermaids aren't real, Dad," I said.

YOUNGIN KWON

He refused to back down. "They are. They have to be."

So, I quit my job. I discharged my child from the hospital. I packed a few of our belongings and placed the bags in my tiny sedan before we set off for Hyungchul's village. Jiho, who had spent many years in the hospital, saw the ocean for the first time that day. That was late autumn, exactly ten years ago.

When I arrived at H County, the village was busy with typhoon preparations. People stuck sheets of wet newspaper onto their windows and hurriedly fixed their leaky roofs. I drove straight toward my destination, the guest house I had seen on TV. The fall typhoon was due to hit soon, so most fishers weren't in town for work. That meant there was an empty room at the guest house. I parked my car in a quiet lot nearby and loitered around the building. A woman in a floral dress came out and scanned me head to toe, her eyes lingering on the child in my arms. She scowled.

"We do have a vacancy, but that kid doesn't look too good. Take that child to a hospital. Don't even think about letting your sick kid die in one of my rooms—I'm sure you can understand why that would be, well, undesirable."

She snapped her gum loudly after each sentence. The quiet, rhythmic sound chipped away at my head like a tiny chisel.

"I'm looking for Kim Hyungchul, the man who claims to have caught a merman. Does he still live here?"

THE MERMAN OF H COUNTY

The woman stopped chewing and stared at me for a few seconds.

"He lives in that room over there. I heard he lost his mind after that whole debacle, sold everything he owned, and bought a big boat. He's out on the water now, looking for another merman. He's all out of money too, so there's nowhere for him to go. I'm the only one who's still willing to put him up."

Hyungchul returned to the guest house in the evening. I recognized him right away as he walked in through the front gate. His thin face and scraggly beard were exactly the same as what I'd seen on television. I ran to him and bowed.

"Hello. I'm sorry, I know you don't know me, but I'm looking for a merman scale."

Hyungchul looked at me with wary eyes. "You must be out of your mind, lady," he said. "Don't mention anything like that ever again, or you'll find yourself in a mental institution."

He tossed the net he was holding into the yard. I don't know what sort of response I had been expecting, but it wasn't that. I stood speechless for a while, a lonely phantom forgotten and ignored.

"I saw you on television. I know you're the man who caught that merman. My child is sick. Even the doctors say there's nothing they can do. But I know a merman scale is just what I need. Please,

YOUNGIN KWON

I only need one. Just one. I won't ask for anything more. I can pay you. Please. Please."

I clung to his shirt and begged, my desperate hands clawing at him to no avail. Hyungchul extended his right hand until it was directly in front of my eyes. He took off his plastic prosthetic.

"See this? I lost it to the merman. Not only is there no such thing as a merman scale, but even if there were, you couldn't buy it with money. You would at least need to give your right hand."

The world spun around me. Hyungchul turned around and disappeared into his room, leaving me to stand there alone. The owner followed him in, and a soft *click* echoed through the air as she closed the door behind her. I gazed at the closed door for a long time. Did Hyungchul really catch a merman, or was he a conman in the disguise of a grizzled fisherman? It was a clear and calm day, almost in defiance of the weather reports warning of the impending storm. The breeze that blew in sporadically smelled of seawater, and the world sank heavy around me. The air was silent and still, punctuated only with the moon's glimmer and the sound of crickets. *I think her kid is really sick*, I heard the woman say in a muffled voice. My body quaked with anger. How dare they talk about my child. Hyungchul mumbled something back, but I couldn't make out his words. The woman laughed loudly. I returned to my room and carefully lay my body next to my child's. Our breathing was labored. I had an old nightmare for the first time in years that night, and I woke up in the middle of the night with tears streaming down my cheeks.

Having spent all five years of existence in the hospital, Jiho hadn't yet learned to say the word "mama". Jiho had lost a considerable amount of weight since leaving the hospital, even developing a fever and rash two days prior. My child's days were numbered. My insides shriveled up and died each time I realized this anew. The next day, I ran to the port while Jiho was sleeping. I ran into a group of fishers who had just gotten in from a day out at sea and inquired about the merman scale.

"The merman? Kim's the one who caught it."

"I heard that's bullshit. My son says there's no such thing as a merman."

"Did it really look like a person?"

"I didn't see it up close, but I know it was huge. It had shiny scales on its tail. Kim was on TV because of that whole thing, remember? I was on TV too. They got footage of me talking to him."

"He passed out scales to people when all those tourists came to town that summer."

"It's been a long time, so even though the merman is gone, he might still have a couple scales. Why don't you go ask him yourself?"

YOUNGIN KWON

I told them I had already asked him, but he denied having any. The fishers looked perplexed.

"Well if he says he doesn't have any, there's no other way to get your hands on one. He's the only one who's ever caught one of them, you know."

I forced my leaden feet back to the guest house. Hope dissipated like fog around me. It was windy on my way back, and my body quaked from the sudden chill. The entire village was engulfed in an eerie darkness, and the path back to the guest house looked like a dirt road that led nowhere good. I began to expect that a gateway to death would appear right in front of my eyes. *Maybe I should just run through the gate*, I mumbled to myself.

My husband was waiting in front of the building. He sat in the driver's seat of his car, smoking a cigarette. My nightmare came screaming back to me the moment I laid eyes on him.

"You wouldn't take my calls, so I called your dad. He told me you were here."

He explained with a nasal hint in his voice, as if laying out an excuse. Unlike my father, he was certain Hyungchul was a huckster.

"So you've officially gone insane, is that it? This country fisherman is a swindler who sells merman scales and you're the dimwit who believes him. Can't you tell it's a con? What are you doing bringing our child all the way here?"

THE MERMAN OF H COUNTY

"Jiho's sleeping in the room right now. I don't want to go in smelling like cigarette smoke."

My husband snuffed out his cigarette.

"You weren't always like this, you know. You weren't into all his fantasy woo-woo crap. You need to let Jiho die in peace. There's nothing you haven't tried over the last five years. Aren't you tired of it all?"

Tired? How could I be tired? Giving up on my own child could never be an option. He took out a folder containing our divorce papers and extended them toward me, as if blaming me for it all.

"You can have full custody. I'll also be very fair with the division of assets. All you need to do is sign the papers."

"Fine."

When we found out that our newborn child had been born with a birth defect, my husband's first move had been to conduct a DNA exam. Even when the results proved our child was his, he was never able to fully accept the truth. He fooled around with other women while I was in the hospital caring for Jiho. Occasionally, he would come home only to berate me. My entire marriage had been a battle, and eventually it exploded like an overheated lightbulb. I signed the divorce papers. It was finally over, just like that.

"Get it together, for the kid's sake!" he shouted. "That conman who says he caught a merman, he was institutionalized after that.

YOUNGIN KWON

Everyone knows he's the town lunatic. Do you want to end up like that too?"

He bellowed that he wanted to meet Hyungchul in person. He said fraudsters like that should be beaten to the ground. But his rage melted away at the sound of his phone ringing. I had turned away from him, but I didn't need to see him to know who it was. It was his girlfriend.

"Okay, baby. Got it. I'll be right there. Strawberries? It's not easy to find strawberries in the fall… okay, okay. I'll figure it out, stop crying. I don't want my baby to be sad."

He started the car while still on the phone, his right hand twisting the key as his left gripped the phone. I knew about his girlfriend's pregnancy. He took off without so much as a backwards glance. I paused for a moment before heading back toward the guest house gate.

Hyungchul was in the front yard when I entered, but when he saw me, he scowled and trudged back to his room. Upon the sound of his slamming door, the owner poked her face out of her own room.

"Listen here, lady. Where the hell have you been all day while your child was in the room all alone? Do you have a lover in town or something? No wonder everyone's been whispering about you. What am I supposed to do, huh? Do you have any idea how worried I was about your sick kid all alone in that room, the mother nowhere to be seen?"

"I'm sorry."

Hyungchul emerged, traversed the lobby, and disappeared into the bathroom. The woman watched him quietly before pitching another fit.

"Been sleeping all day, looks even worse than yesterday. Stop running around and stay with your kid, will you? If it's time, it's time. Do you really think you can stop your child from dying? If you can't handle it alone, get the father down here."

"Jiho doesn't have a father," I shot back.

"All right, don't get hysterical. No wonder you're alone, with that temper on you."

The woman fell silent when she saw Hyungchul emerge from the bathroom. After a moment, she glowered at him. He acted as if he didn't notice her at all. He slammed his door, then she slammed hers. I suddenly found myself alone in the yard. A heavy solitude set in around me. I felt like the sole survivor in a pitch-black world. I returned to my room. My child, who was lying under the covers, labored to blink. I changed Jiho's diaper and used a warm washcloth to provide some relief. Unable to say "mama", Jiho's eyes smiled at me instead. I held Jiho's hand, which grabbed my fingers with a surprising amount of force. That's right. I wasn't alone. I had my child, who still existed in this world. Those eyes—those eyes that had only ever looked at me—pierced my heart like a sharp blade.

My bedroom door swung open. It was Hyungchul. He stared at Jiho for an eternity. My child, who was barely clinging to life with grey, wrinkly skin and sad, cloudy eyes. Hyungchul's lips twisted grotesquely.

"Looks like you're not desperate enough yet. You haven't brought me your hand, after all."

He turned to leave. I could do nothing but stare at his back as he moved away. The devil, that's what he was. My entire body trembled, and it finally happened. The final string of my sanity snapped in two. I ran into the yard barefoot and grabbed the axe that was hanging on the wall. I flung his door open and was hit with an overwhelming stench. It was not the smell of fish or the ocean, but rather the stink of sweat and blood. Hyungchul, who was in the middle of removing his jacket, froze.

"You swindler! Where's the merman scale?"

Hyungchul didn't bat an eye. "I already told you. I'll give it to you in exchange for your hand."

"I heard you gave other people scales. I heard you've been passing them out like candy! So where's mine? Give me my scale!"

I swung the axe. It met nothing but air, but it was a surprisingly forceful swing. The axe was so heavy I almost lost my grip.

THE MERMAN OF H COUNTY

Watching me wobble around, Hyungchul looked slightly frightened. He took a few steps back. I boxed him into a corner.

"Be careful. You could hurt yourself." His caring voice grated on my nerves. I raised the axe high above my head.

"Listen. I don't have any merman scales right now, but I know where to catch one. A merman, that is."

He wasn't going to fool me. "When?" I demanded.

"Let's go in the morning, depending on the weather. We can go out onto the water if it doesn't rain."

His relaxed demeanor tested my patience. I had no time. I couldn't wait until the morning. With my own flesh and blood knocking on death's door, I couldn't be sitting around watching the skies for rain.

"Let's go now."

"Right now?"

"Yes. Right now!"

I put Jiho, wrapped in a blanket, on my back. I couldn't be sure when or if we would ever return.

"Don't worry," I whispered. "Mommy is going to get a merman scale and fix you right up."

I hid the axe under my jacket and told Hyungchul to walk in front of me. We headed to the port together. It was the dead of night; the moon shone calmly on us as we made our way through the narrow, winding roads. The sound of crashing waves pierced the darkness and pulsed faintly in my ears. The salty sea wind grew stronger and stronger.

"Hey, Kim! I hope you tied your boat up nice and tight! Fall typhoons are the worst of them, you know?"

A man waved merrily at Hyungchul. I poked him in the back with the axe.

"Keep your mouth shut and keep walking. If you say one word, I'll kill you here and now."

He was my hostage, and I needed to become crueler. For the sake of my child. For Jiho, I could swing my axe again and again. Of course, I had never even killed a fly in my life. Holding an axe in my hand didn't suddenly make me capable of murder. My hand quivered, as if it knew it was only holding the axe out of fear. I readjusted Jiho who kept sliding down my back and tightened my grip on the axe.

We made it to Hyungchul's fishing boat, equipped with an awning and a single chair. I sat under the awning and placed Jiho next to me. The ocean was calm with no hint of an impending storm. The boat glided over the glassy surface all night. The next afternoon, it stopped in the middle of the dark ocean. All I could see was the horizon stretching in front of me, clouds in the sky, the sun, and the choppy waves. Not a single buoy was in sight. Hyungchul sat in the chair under the awning and began to sing. It was more like a strange animal's cry than a song. Like a signal two creatures would send to each other from opposite ends of the earth, desperately making sure the other is still there. *Koo, koo. Koo, koo.* The extended sounds filled the air around us, carried in the wind and the waves. He looked at me and paused.

"It's the mermaid call," he said.

It was a bizarre sound, slightly awkward, but somehow full of love. I listened for a long time before abruptly hunching over and vomiting. I could no longer keep my nausea at bay.

"You're seasick. Here. Stick this behind your ear."

Hyungchul handed me a patch. His fingers felt rough as I took it from him. I eventually stopped vomiting, but the nausea never went away. My eyelids grew heavy. The entire world looked faded and blurry.

"I once came out here with my wife. We were fishing."

Hyungchul began to tell his story. The midday sun shone weakly from behind a cloud. His words felt like a lullaby sung to me in my dream.

At the time, Hyungchul had owned a tiny fishing boat—a wooden dinghy to which he had installed a motor. He made his living casting his net in the waters around the village and selling shad and flounder to the neighborhood fish joints. His decision to let his wife accompany him on one of these trips would haunt him for the rest of his life. They had set out for a short fishing trip and were not far from shore when they met a storm. The puny dinghy flailed all night like a leaf in the wind. When the storm subsided the next morning, they found themselves on a quiet beach. They spent a few days there but ran out of food and drinking water immediately. Their starving bellies felt like they would tear from the pain of hunger. Hyungchul couldn't stand the thought of his wife, lying limp on the floor of the boat, and their unborn child suffering. He squeezed out the last bit of strength remaining in his body and tossed out his final net before collapsing. That night, something got caught. Hyungchul's dripped sweat as he struggled to pull in the hefty mass. A fish the size of an adult human was flapping in the net. Hyungchul took one look at it and fell over backwards. What he was looking at was a mermaid—a merman, to be exact. The top half was a human male, while the bottom half was a gigantic fish tail. The merman's eyes were frightened as he cried, *koo, koo*. He twisted his body in pain, then began rubbing his hands together entreatingly. Hyungchul knew what that meant. Even if it was just the top half, the Merman was a person just like Hyungchul and the last thing he wanted to do was kill another human being. He gazed at his wife, sprawled on the floor, her eyes clamped shut. He grabbed his axe. He chopped off the merman's tail with the first swing.

The merman bared his teeth. He opened his mouth wide, then lunged and clamped down on Hyungchul's right hand. It all happened in a flash. Hyungchul screamed and swung the axe wildly in the air. The merman, now severed from the knees down, flapped and writhed. A foul odor pricked Hyungchul's nose. It wasn't a fishy smell, but something sour and metallic in an entirely different way. Aquamarine blood splattered on either side of the boat. The merman's moans grew fainter, and Hyungchul crouched on the floor with his back to him. He began chopping the tail into smaller pieces.

He handed a piece to his wife. She kept her eyes closed, simply opened her mouth as wide as she could manage. Once she gulped down the meat, however, her eyes blinked open. She lifted her head and sat up. She leaned against the bulkhead and tore into the meat, holding a dripping piece of raw merman flesh in her hands.

"Is it good?"

She nodded. "Aren't you going to have some?"

Hyungchul avoided her gaze. He couldn't get the merman's face out of his head. She finished her piece.

"I'm sorry. It's all my fault. The typhoon is here because I'm on the boat."

"Don't say that. It's not your fault. The storm was coming no matter what."

Hyungchul stroked his right hand, now black and puffy from the merman bite. It reeked of putrid flesh. When his wife fell asleep, he began wiping the merman blood off the deck. He choked on the stench of the blood and his rotting hand, finally vomiting several times off the side of the boat. He heard a strange noise behind him. He turned and found his wife rolling on the floor crying, *koo, koo*, just as the merman had earlier. Large gills opened up on the back of her neck.

"Honey! Are you okay?"

She stared at him wordlessly before turning her face toward the water. She began crawling toward the ocean as if possessed.

"No!" Hyungchul lunged for her tail, but it rippled before him like flower petals in the breeze. She hopped right over the side of the boat and plunged into the depths with a loud splash. The azure sea swallowed her up whole. The sky was clear, the water still. The scorching sun beat down on the space she had occupied just a few moments earlier. Everything had transpired in a matter of seconds. He couldn't tell if he had seen something unbelievable, or if he had not seen anything at all. He sat, his eyes empty. He waited for his wife to shake him awake, but she never did.

He was rescued two days later. He immediately sold his house and bought a 5-ton fishing boat. Day after day he went out on that boat looking for his wife. Every rock and cloud looked like her. A single splash made him sure she would pop right out of the water. He began crying *koo, koo* into the endless expanse of the sea. He tried to imitate the merman, making his calls long and irregular. He listened for any sound of her existence. People whispered that he had gone mad, and he was institutionalized at a local psychiatric hospital for several months. He knew he lived a strange existence. He was well aware. But he kept casting his net. A desolate man with nobody left in the world, he searched every inch of the unending ocean.

One autumn day, a small mermaid got caught in his net. It was a young girl. She flapped her leg fins and screamed *koo, koo* in a thin voice. He grabbed her face with his hand and turned it toward the sun. It was shaped like a cucumber seed and looked just like his wife. She looked to be around eight, the same age his unborn child would have been this year.

"Father," she said in a clear voice. "Father."

He stared at her. "What did you just say?"

"I missed you, Father."

Hyungchul wanted to ask her if his wife was okay. She would know, wouldn't she? All these years he had believed he didn't have any children, but now he wasn't so sure. Did he still have a wife, too? Had she become someone else entirely in the time they'd been apart? Was she doing okay without him?

"Take me with you," he said. "I want to become a merman. Just like your mother. Just like you."

The child shook her head.

"To become one of us, you must give your right hand. In return, you receive our flesh and scales. If a person eats the flesh, they turn into a mermaid, while the scales can cure any disease. But you can't become a merman. You have no right hand."

She disappeared into the water. Hyungchul came back to that spot every day and cast his net, but he never saw her again.

I realized that I was the hostage, not him. I was here because he wanted to be a merman. Flat on the ground, exhausted from vomiting up everything down to my gastric fluids and bile, I watched the sky spin above me. I dreamt of a quiet ocean, but waves crashed against the boat. From under the water, death personified, an exquisite woman appeared. Her long black hair rippled against her waist, where her merman tail began. She stared straight at me. Hyungchul called to his wife joyfully. She made her way to the boat.

It's the motion sickness medicine, I mumbled. *I'm having a nightmare right now*. A hauntingly poignant nightmare in which a beautiful mermaid emerges against the dark sky. Her silver tail cracks the surface of the water. *What are those shimmery things on her tail? They're the size of my fingernails. Scales. They're mermaid scales. Mermaid scales. I feel like I've heard those words before somewhere.*

Hyungchul charged at me. He snatched the axe from my hand and raised it high into the heavens. But he paused. He faltered, then lowered the axe.

THE MERMAN OF H COUNTY

"I can't do it." His voice was hoarse. "I will never be a merman."

A rush of disappointment coursed through my veins. My beautiful nightmare. I couldn't let it end like this.

"Chop off my hand!" I bellowed.

I took the axe from him and gazed at my child. My whole world who was sleeping fitfully next to me. I knew what I had to do. I had to become ruthless. I was finally ready to swing the axe.

"If I give you my hand, will you give me a scale?"

He thrust out his arm in protest, but I was faster. I whacked off my right hand. Blood splattered onto my face. It didn't hurt one bit. It was just a dream, after all. No. An excruciating pain pulsed through my arm as everything went black.

I came to hours later. The boat was rocking severely, and rain pounded the floor. My right hand was bandaged up. My arm felt numb, but my head spun. I inspected Jiho, who was sleeping peacefully.

"Thank you. Because of you, I have become a merman."

I lifted my head at the sound of Hyungchul's voice. He was sitting on the floor with both knees up. His white hair fluttered in the wind. His hazy silhouette looked strange against the dark backdrop of nothingness. An unknown energy emanated from his back and enveloped his body. He looked divine and otherworldly—I couldn't take my eyes off him. His legs were slowly disappearing as a scaly tail spread down from his waist.

"Take a scale from my tail," he said. "That's why we're here, isn't it?"

He looked almost shy. I ran at it like a starving dog. I cut my hand on the scales that were as thick and sharp as metal sheets. Just one. I just needed one scale. Hyungchul grabbed a small knife and lopped off a piece of his flesh with several scales attached. Blood seeped out as the ocean smell attacked my nostrils. My hand trembled as it took the hunk of flesh.

I peeled off a scale and placed it against my child's lips. Jiho blinked, uncomprehending.

"Come on, sweetheart. You can do it. Go ahead and eat it. Chew it, just like this."

Jiho watched me, then began sucking on the scale. Slowly, very slowly, Jiho chewed and swallowed it. Relief overwhelmed me. Salty teardrops cascaded down my cheeks onto my child's face, who peered up at me as if surprised. Jiho sat up, then stood, then ran into my arms.

"Mama!"

I hugged my whole world with all the strength I had. What happened next is a blur. Jiho grabbed something from the deck and, in one fluid motion, consumed it. No. It couldn't be. I forced Jiho's mouth open, but it was gone. I screamed.

THE MERMAN OF H COUNTY

The rain came down harder than ever. Thunder crashed and the wind whipped in all directions, but my child remained dry and unaffected. A shard of lightning formed a blanket of light, which enveloped and carried Jiho up to the heavens. I was dreaming. It was a splendid, brilliant dream. My child floated in the air, drew a circle in the sky, then floated back down to earth. Shiny azure scales were appearing all over. Jiho waved at me joyfully. It was the happiest I had ever seen my little one appear. I heard a splash, then darkness. If I hadn't passed out in that moment, I would have jumped into the water too. To this day, I cannot explain it—all I wanted in that moment was to turn into a beautiful mermaid and let the ocean swallow me whole.

I was rescued by coast guard officers a few days later. I was discovered on a broken piece of the boat as I floated in the water after the storm had passed. I was admitted to the hospital with severe dehydration. When I had recovered enough to recount my story, two police officers came by. I told them exactly what I had seen and heard, but they didn't believe a word I said.

"So you're telling us that Mr. Kim Hyungchul was a merman. Or that the merman was Mr. Kim?"

"The mermaid was his wife. Mr. Kim was a person, but he turned into a merman later."

YOUNGIN KWON

The officers looked at each other. One of them swirled his index finger next to his ear in a circular motion. It is a universal fact that truth-tellers are always considered mad.

Eventually I made my way back into society, but even now, ten years later, I cannot leave H County. The bronze merman statue and red lighthouse stand proudly on the shore to this day. The wind carries the strange song of the sea. It is the call of the merfolk, but also the lonely call of a person doomed to search for eternity.

인어가 된 남자
권영인

나비와북
Nabiwabook

인어가 된 남자

　오늘 아침 인터넷에서 H군을 소개한 기사를 발견했다. H군에는 그 지방 특유의 바다 냄새가 존재한다. 바다가 시작되는 곳에는 빨간 등대가, 그 곁에는 오래된 청동 인어상이 바람을 맞고 서있다. 항구 가까운 해변을 걸을 때면, 어디선가 낯선 노래가 들려오곤 한다. 근처 조업하는 어부들은 그것이 인어가 사람을 부르는 소리라고 했다. 기사는 H군의 역사와 전설까지 다뤘다. 조선시대에 H군에 살던 늙은 어부가 우연히 인어를 잡았다는 기록과 함께 형철의 이름과 사진도 있었다. 10년 전 그 사건 때문이리라. 순간 나는 가슴이 철렁했다. 나는 그의 사진을 한참 들여다보았다.

권영인

　10년 전 바로 그 H군에 사는 어부가 사람처럼 생긴 물고기를 잡았다는 소식이 들려왔다. 한동안 세상을 떠들썩하게 했던 '인어사건'의 시작이었다. H군의 군수가 직접 그 물고기를 국립과학수사연구원(국과수)에 보냈더니 국과수 검사 결과가 '이것은 물고기가 아니라 사람고기'라고 했다더라, 군수가 인어고기를 먹고 병이 나았다더라 식의 소문이 꼬리를 물었다. 여름 내내 인어 구경하겠다는 사람들이 몰려들어 H군 주변 교통이 마비될 지경이었다. 형철은 '인어 잡은 어부'라는 타이틀로 순식간에 스타가 되었다. 집도 절도 없이 떠돌던 그에게 동네 사람 누군가가 살 곳을 내준 것부터, 병원에서 치료를 무료로 해주었다는 것까지 이야기가 끊이지 않았다. 정작 형철은 말을 아꼈다. 인터뷰도 매번 거절하는 모양이었다. 티브이 화면에서 형철의 얼굴이 사라진 것은 그해 대선 즈음이었다. 여당후보 아들의 마약사건으로 신문이 도배되고 세상이 술렁이는 사이 양은 냄비에 끓는 물처럼 시끄럽던 인어 소문은 잠잠해졌다. 형철은 그렇게 잊혔다.

　그 때 나는 절망의 늪에서 허우적대고 있었다. 다섯 살이 된 아이는 중환자실에 입원해 있었고, 집을 나간 남편과 몇 달째 연락이 안됐다. 생계를 위해 낮에는 근처 출판사에서 편집 일을 하고 밤에는 아이 간호에 매달렸다. 그러나 아이는

인어가 된 남자

나아지지 않았다. 아이 담당의사가 나를 따로 불렀을 때 나는 상황을 직감했었다.

"아이가 살날이 몇 달 안 남았습니다. 마음의 준비를 하셔야 합니다."

그 말이 내 마음을 쇠망치처럼 때렸다.

티브이 볼 시간도 없던 나에게 '인어사건' 뉴스를 구체적으로 전해준 것은 아버지였다. 근무지인 부산에서 살던 아버지는 신문스크랩 한 노트를 들고 한 달음에 서울까지 달려왔다. 아버지는 형철이 잡은 물고기가 인어라고 굳게 믿고 있었다.

"내가 죽을병에 걸렸을 때 네 할머니도 인어 비늘을 구해 약을 지어 주셨어. 그 덕에 내가 살았지."

아버지는 일곱 살이 되던 해 이름 모를 병으로 죽을 지경에 이르렀다. 그때 산을 몇 개나 넘어 용한 의원을 찾아갔던 할머니가 얻어온 인어비늘을 먹고 병이 씻은 듯 나았다는 것이다. 그 이야기라면 나도 어릴 때 몇 번 들었던 기억이 있었다. 이야기를 마친 아버지는 당장이라도 인어 비늘을 구해보라 했다.

"아버지, 말도 안돼요. 세상에 인어가 어디 있어요?"

내 물음에 아버지는 몇 번이나 힘주어 말했다.

"인어는 있어. 있어야지."

권영인

　그 길로 나는 다니던 직장을 그만두고 병원에 들러 아이 퇴원 수속을 밟았다. 짐을 대강 챙긴 후 작은 승용차에 아이를 태우고 형철이 사는 마을로 향했다. 병원에서만 살던 아이는 그날 바다를 처음으로 보았다. 벌써 10년이나 지난 늦가을의 일이다.

　내가 H군에 도착했을 때 마을에서는 태풍 맞을 준비가 한창이었다. 사람들은 물에 적신 신문지를 유리창에 붙이고, 낡은 지붕을 고치느라 분주했다. 나는 동네를 가로질러 티브이에서 본 민박집으로 향했다. 가을 태풍이 북상한다는 소식으로 낚시꾼이 뜸해진 덕분에 민박집에는 빈 방이 있었다. 승용차를 공터에 주차하고 민박집을 기웃거리자 요란한 꽃무늬 원피스를 입은 민박집 여주인이 나왔다. 나를 위아래로 훑어보다가 품에 안긴 아이를 보더니 얼굴을 찡그렸다.
　"빈 방이 있기는 한데, 애 꼴을 보니 얼마 못 살겠네. 만약 애가 많이 아프면 병원에 데리고 가세요. 절대 여기서 일 치르면 안돼요. 장사하는 집이라 사람 죽었다고 소문나면 곤란해서 그래요."
　그녀는 말끝마다 딱딱 껌 씹는 소리를 냈다. 작고 규칙적인 소리가 내 머리 한 쪽을 망치처럼 두드려 조금씩 부서뜨리는 것 같았다.

인어가 된 남자

"인어 잡았다던 분, 김형철씨를 찾고 있어요. 그 분 아직 여기 계신가요?"

내 물음에 주인여자는 껍씹던 것을 멈추고 한동안 나를 빤히 바라보다 말했다.

"그 사람은 저 방에서 살아요. 그 일이 있고 나서는 정신이 나갔는지 집이고 뭐고 가진 걸 다 팔아서 큰 배를 샀대요. 그 배타고 또 인어 찾으러 나갔다우. 이제 돈이 없어 다른 데는 못 갈 거예요. 나 말고는 받아줄 사람도 없고."

바다에 나갔다던 형철은 저녁이 돼서야 민박집으로 돌아왔다. 대문을 열고 들어오는 그를 금세 알아보았다. 덥수룩한 수염과 마른 얼굴, 티브이에서 본 모습 그대로였다. 나는 그에게 달려가 고개를 숙였다.

"안녕하세요. 처음 뵙는데 이런 말씀드려서 죄송합니다만 제가 인어 비늘 구하고 있어요."

"이 여자 큰일 날 사람이구만. 병원에 처넣기 전에 그런 소린 집어치쇼."

형철은 들고 온 그물을 마당가에 내던졌다. 생각지 않은 대답이었다. 나는 잠시 말을 잃고 허깨비처럼 서있다 퍼뜩 정신이 들었다.

"티브이에서 봤어요. 선생님이 인어 잡은 분이라는 것도 알아요. 제 아이가 아픕니다. 병원에서도 손을 놓았어요.

권영인

그렇지만 인어 비늘로 아이를 살릴 수 있다고 들었습니다. 선생님, 인어 비늘 한 개만 주세요. 딱 한 개만요. 더 바라지도 않을 게요. 돈 달라고 하시면 드릴 게요. 제발, 제발요."

　폭포에서 떨어지는 사람이 허공이라도 붙잡는 것 처럼, 나는 그의 옷자락을 붙잡고 매달렸다. 형철은 내 눈 앞에 자신의 오른 손을 들이밀었다. 플라스틱 의수를 벗겨내자 손 없는 팔이 모습을 드러냈다.

　"봤소? 인어한테 물어뜯긴 손이오. 인어 비늘 같은 거 있지도 않지만 있더라도 댁의 손 정도는 줘야 바꾸지. 돈으로 되겠나?"

　순간 머리가 핑 돌았다. 인어 사건이 정말 거짓 소문일지도 모른다는 생각에 현기증이 났다. 형철은 그런 나를 모른척하고 그의 방으로 들어가 버렸다. 그의 뒤를 주인 여자가 따라 들어갔고 방문이 '덜컥' 소리 내며 닫혔다. 나는 닫힌 방문을 바라보며 서 있었다. 형철은 정말 인어를 잡았을까? 아니면 순박한 척 하는 사기꾼일 뿐일까? 형철에 대한 의구심이 고개를 들었다. 태풍이 온다는 일기예보가 무색할 만큼 맑고 차분한 날씨였다. 간간히 불어오는 바람에는 바다 냄새가 섞여 있었고 세상은 우울하게 가라앉았다. 달빛만 가득한 조용한 세상, 풀벌레 소리만 이따금씩 들려올 뿐이었다. 형철의 방 안에서 주인 여자가 '아이가 많이 아픈가 봐.' 하고 수군대는 소리가 들려왔다.

인어가 된 남자

그들이 내 아이 이야기를 하고 있었다. 깊은 모욕감으로 나는 몸을 떨었다. 형철이 뭐라 대답했지만 너무 낮은 소리라 잘 들리지 않았다. 아직 마당에 서 있는 나를 비웃기라도 하듯 주인여자는 호들갑스럽게 웃었다. 그 웃음은 비참한 현실을 자각시키는 요란한 종소리 같았다. 방으로 돌아온 나는 잠든 아이 곁에 겨우 몸을 뉘었다. 아픈 아이처럼 나도 겨우 숨을 쉬다 잠이 들었다. 그날 밤 한동안 꾸지 않던 예전의 악몽을 다시 꾸었고 새벽에는 눈물을 흘리며 깨어났다.

다섯 살까지 병원에서만 산 아이는 엄마 소리도 아직 못했다. 떠밀리듯 병원에서 나온 후 눈에 띄게 야위고 있었다. 이틀 전부터는 열이 오르고 온 몸에 발진이 생겨 애를 먹였다. 아이는 곧 죽을 것이다. 그것을 깨달을 때마다 속이 타들어 갔다. 다음날 아이가 잠든 것을 확인하고 다급히 항구에 나갔다. 고기잡이를 마치고 항구 앞에 모인 어부들 한 무리를 만났다. 나는 그들에게 인어 비늘 구할 수 있느냐 물었다.

"인어요? 인어는 김 씨가 잡았는데."

"그거 거짓말이래. 세상에 인어가 어딨냐고 우리 아들이 코웃음을 치던데."

"에이, 김 씨가 거짓말 할 사람인가? 그때 김 씨가 잡은 고기는 나도 봤어."

"정말로 사람같이 생겼던가?"

권영인

"그건 못 봤고 여튼 크기가 어마어마하더구먼. 꼬리에 붙은 비늘이 묘하게 반짝이던걸. 그 일로 김 씨가 티비에 나왔지 않어? 나도 나왔지. 김 씨랑 얘기하는 걸 찍어갔어."

"여름에 사람들이 몰려왔을 때 비늘을 나눠준 적도 있었어."

"한참 전 일이니까 고기는 없어졌어도 비늘은 한두 개 남아있을지도 몰라요. 김 씨한테 가서 한 번 물어봐요."

나는 이미 형철을 만났고 인어 비늘에 대해 물었지만 그는 모르쇠로 일관하더라고 했다. 어부들은 의아한 눈치였다.

"김 씨가 비늘을 안 갖고 있다면 구할 방법이 없지요. 김 씨 말고 우리 중에는 인어 잡은 사람이 없으니깐."

나는 지친 걸음을 돌렸다. 희망이 안개처럼 증발하는 느낌이 들었다. 민박집으로 돌아오는 길에는 바람이 무성했다. 얇은 반팔 차림으로 걸으려니 추위에 몸이 떨려왔다. 마을은 괴기스러운 어둠에 잠겨 있었고, 민박집으로 돌아오는 길은 마치 묘지로 향하는 좁은 길처럼 이어져 있었다. 그 곳을 향해 계속 걷다 보면 죽음에 이르는 어두운 문이 존재할지도 모른다. 차라리 문을 향해 돌진해 버릴까. 혼잣말처럼 중얼거렸다.

남편이 민박집 앞에 나타났다. 그는 타고 온 승용차 운전석에 앉아 담배를 피우고 있었다. 그를 보자 악몽을 다시 꾸는 기분이 들었다.

인어가 된 남자

 "연락이 안돼서 장인어른께 전화했더니 여기에 왔다고 하셨어."

 남편은 변명처럼 말했다. 아버지와는 달리 그는 형철이 사기꾼이라고 확신했다.

 "한마디로 미쳤구나. 인어 비늘 장사하는 놈이나 그걸 믿고 여기까지 온 너나. 딱 봐도 사기인줄 모르겠어? 애까지 데리고 여기서 뭐하는 거야?"

 "방에 아이가 자고 있어. 담배 냄새 나면 곤란해."

 내 말에 남편은 피우던 담배를 비벼 껐다.

 "너 예전에는 안 그랬잖아. 이런 비과학적인 것들을 믿지 않았어. 죽을 아이는 포기해야지. 지난 5년 동안 네가 안 해 본 짓이 없어. 이젠 지겹지도 않아?"

 지겹다니, 그럴 리가. 무슨 일이 있어도 아이를 포기 할 수는 없다. 마치 우리의 이혼이 전부 내 탓이라는 듯 그는 이혼서류를 꺼내 보였다.

 "애 양육권이고 뭐고 다 너한테 줄게. 재산 분할도 가능한 한 협조할 테니 넌 도장만 찍어주면 돼."

 "그래."

 나는 망설임 없이 대답했다. 갓 태어난 아이에게 선천적인 병이 발견되었을 때, 남편은 친자확인을 했다. 아이가 남편의 친자로 밝혀진 후에도 그는 아이를 받아들이지 못했다. 그는 내가 병원에서 아이 곁을 지키는 동안 다른 여자들을

권영인

만났다. 가끔은 집에 들어와 악담을 해댔다. 전쟁처럼 아팠던 결혼생활은 결국 과열된 전구가 폭발하듯 깨졌다. 나는 남편이 내민 서류에 도장을 찍었다. 아주 쉽게 모든 일이 해결되었다. 남편은 고함을 질렀다.

"애 생각해서라도 정신 좀 차려. 인어 잡았다던 사기꾼 남자, 그 일로 정신병원에 갇혀 있었대. 지금도 동네에서 미친놈 취급 받고 있을걸. 너도 그렇게 되고 싶어?"

남편은 형철을 직접 만나야겠다고 소리쳤다. 멱살이라도 잡을 기세였다. 그런 사기꾼은 두들겨 맞아야한다고도 했다. 남편의 분노를 잠재운 것은 한통의 전화였다. 나는 고개를 돌리고 있었지만 알 수 있었다. 남편의 애인이 걸어온 것이었다.

"응, 자기야. 알았어. 금방 올라갈게. 딸기? 가을에 딸기가 어딨어? 알겠어. 내가 어떻게 해서든 사다 줄테니까 울지만 마. 우리 아기 슬프잖아요."

남편은 통화하며 차 시동을 걸었다. 그의 애인 임신 소식은 나도 들어 알고 있었다. 뒤에 남은 나와 아이는 이미 잊은 것처럼 남편은 차를 출발시켰다. 문 앞에 잠시 서 있던 나는 걸음을 옮겨 민박집 마당에 들어섰다.

인어가 된 남자

　마당에는 형철이 있었다. 나와 마주치자 험악한 표정을 짓고 방안으로 들어가 버렸다. 형철의 방문이 닫히는 소리와 함께 안방 문이 열리고 주인여자가 얼굴을 내밀었다.
　"아이고, 애기 엄마, 아픈 애를 두고 어딜 그렇게 쏘다녀? 남자라도 생긴 거야? 그러니 동네 사람들이 수군거리지. 난 이게 뭔 죄야? 애 엄마도 없는데 애한테 무슨 일 생길까 얼마나 걱정 했는 줄 알아?"
　"죄송해요."
　형철이 방문을 열고 나오더니 마루를 건너 화장실로 사라졌다. 그것을 본 주인여자는 아까 보다 더 짜증을 냈다.
　"약 먹어서 계속 잠만 자긴 했지만 어제보다 더 나빠진 것 같은데, 그렇게 돌아다니지 말고 애 곁 좀 지켜요. 죽을 애는 보내줘야지. 그렇게 매달린다고 죽을 사람이 살아오나? 혼자 감당 못하겠으면 애 아빠를 부르던가."
　"애 아빠 없어요."
　나는 앙칼지게 쏘아붙였다.
　"성격 좀 보소, 저러니 애를 혼자 키우지."
　주인 여자가 소리 지르다 화장실에서 나오는 형철을 발견하고 말을 멈췄다. 그리고 형철을 무섭게 흘겨보았다. 형철은 주인여자의 매서운 눈길이 안 보이는 사람처럼 방으로 들어가 버렸다. 형철이 방문이 꽝 소리가 나게 닫는 것을 본 주인여자도 질 세라 방문을 소리 내며 닫았다. 마당에는

권영인

 나만 남았다. 무거운 외로움이 나를 덮쳤다. 까만 세상에 나만 남겨진 기분이었다. 나는 아이가 있는 방에 돌아왔다. 누워있던 아이는 겨우 눈을 떴다. 나는 아이의 기저귀를 갈아주고 더운물에 적신 물수건으로 아이의 몸을 닦아냈다. 엄마 소리 대신 아이는 빙긋 눈웃음을 지어 보였다. 나는 아이의 손을 가만히 잡았다. 아이는 작은 손으로 내 손가락을 힘껏 쥐고 잡아당겼다. 그러고 보니 세상에는 나 말고도 아이가 있었다. 나만 바라보고 있는 그 눈동자가 칼끝처럼 가슴을 후벼 팠다.

 그 때 방문이 열렸다. 형철이었다. 그는 아이를 한동안 들여다보았다. 생명은 거의 남지 않은, 아이답지 않은 회색빛 얼굴과 주름진 피부, 초점이 흐려진 슬픈 눈망울을. 그리고 입술을 비틀며 이죽거렸다.

 "애가 아직 살만한 모양이지? 애 엄마가 손을 안 가져 오는 걸 보니까."

 말을 마친 형철은 볼일이 끝난 사람처럼 제 방으로 들어가 버리고 말았다. 그의 악마 같은 뒷모습을 나는 무섭게 쏘아보았다. 전신이 부들부들 떨려왔다. 그 순간이었다. 내 머릿속을 지탱하던 이성의 마지막 가닥이 툭 소리를 내며 끊어졌다. 나는 맨발로 마당으로 뛰쳐나와 벽에 걸린 도끼를 찾아 들었다. 도끼를 손에 들고 형철의 방문을 열어 젖혔다. 형철의 방에는 비린내가 진동했다. 생선 비린내가 아닌,

인어가 된 남자

사람의 땀이나 피 냄새에 더 가까운 비린내였다. 재킷을 벗으려던 형철은 내 꼴을 보자 눈을 휘둥그렇게 떴다.

"이 사기꾼 새끼야! 인어비늘 어딨어?"

형철은 대담하게도 눈 하나 깜빡하지 않고 대꾸했다.

"말했잖소? 그 손 주면 인어비늘 준다고."

"다른 사람들한테는 줬다며? 왜 나는 안 주는데? 비늘 내놔! 내놓으라고!"

나는 도끼를 한 번 휘둘렀다. 비록 주위 공기만 가르는 정도였지만 제법 휭 하며 위협적인 소리가 났다. 도끼가 무거워 하마터면 도끼를 놓칠 뻔했다. 내가 비틀거리자 이번에는 형철도 놀란 눈치였다. 그는 도끼를 피해 뒷걸음질 쳤다. 나는 그를 구석으로 몰았다.

"그러다 다치겠네. 조심해요."

친절한 그의 목소리가 오히려 내 신경을 거슬렸다. 나는 도끼를 하늘로 치켜들었다.

"지금 인어비늘 가진 것은 없지만 인어가 잡히는 곳을 알아요. 거기에 가면 인어를 잡을 수 있을 거요."

형철은 나를 설득하려 했다. 그러나 그런 얕은 수가 통할 리 없었다. 나는 목소리에 날을 세웠다.

"정말 인어를 잡을 수 있어? 언제? 언제 잡아 올 거냐?"

"내일 아침에 날씨가 어떻게 되나 보고 나갑시다. 비 오면 배는 못 뜰 테니."

권영인

그의 느긋한 대답에 나는 심장이 터질 듯한 조급증을 느꼈다. 시간이 없다. 아이가 언제 잘못될지 모르는데 태평하게 날씨 타령만 하고 있을 순 없었다.

"지금 가자."

내 말에 형철은 두 눈을 휘둥그레 뜨고 되물었다.

"지금?"

"그래! 지금 당장!"

나는 아이를 포대기에 싸서 등에 업었다. 이대로 배를 타고 나가면 언제 돌아올지 모른다. 어쩌면 영영 돌아오지 못할지도 몰랐다. 나는 아이에게 속삭였다.

"걱정 마라. 엄마가 인어비늘 구해서 너 꼭 살릴 테니까."

도끼를 옷 속에 숨겨 들고 형철을 앞세웠다. 그렇게 우리는 항구로 향했다. 한밤중이었다. 달빛이 차분하게 비쳐들고 있었다. 항구로 향하는 길은 좁고 구불거렸지만, 가로등 덕분에 밝았다. 어둠 속에서 바닷소리가 들려왔다. 비린내를 품은 바람이 조금씩 강해졌다.

"어이, 김 씨! 배는 잘 붙들어 맸나? 가을 태풍이 더 지랄맞다는데."

지나가던 남자가 형철을 보고 아는 체 했다. 나는 옷 속에 숨겨둔 도끼로 그의 등을 쿡 찔렀다.

"입 닥치고 그냥 가. 헛소리하면 죽일 거야."

인어가 된 남자

　그는 내 인질이고 나는 잔인해 질 것이다. 아이를 위해서라면 도끼를 휘두를 수도 있다. 벌레 한 마리 못 죽이는 내 성격이 못미덥기는 하다. 도끼를 가지고 있기는 해도 내가 사람을 해칠 수 있을 것 같지 않았다. 닥쳐올 일에 대한 불안감으로 도끼를 쥔 내 두 손이 부들부들 떨렸다. 포대기 속에서 자꾸만 흘러내리는 아이를 고쳐 업으며 나는 도끼를 힘주어 잡았다.
　형철과 배에 올랐다. 배 가운데 차양과 의자를 갖춘 낚싯배였다. 나는 차양 아래 자리를 잡고 앉아 아이를 내려놓았다. 배는 태풍 예보가 무색하게 잔잔한 바다 위를 밤새워 달렸다. 다음날 오후가 되자 낯선 바다 한 가운데 배가 멈추었다. 보이는 것이라곤 부표도 없이 펼쳐진 수평선, 구름과 하늘, 그리고 태양, 거칠게 일렁이는 물결뿐이었다. 배를 세운 형철은 차양 아래 의자에 앉아 노래를 부르기 시작했다. 그것은 노래라기보다 낯선 동물의 울음 같은 것이었다. 서로가 서로를 부르는, 먼 곳에 있는 이들의 안녕을 확인할 때 부르는 신호같았다. '꾸우 꾸우' 하고 길게 빼는 소리가 바다 위에 퍼져나갔다. 의아하게 바라보는 나를 의식한 듯 그는 노래를 멈췄다.
　"인어를 부르는 소리요."
　그는 어색한 표정으로 말하고 노래를 이었다. 노래는 기이했지만 다정하게 들렸다. 한참 노래를 듣던 나는 급히

권영인

몸을 앞으로 숙였다. 아까부터 속이 울렁거린다 했는데 그만 토하기시작했다. 뱃멀미였다.

"멀미약 여깃소. 귀옆에 붙여요."

형철이 투박한 손으로 약을 건네주었다. 약기운이 돌자 구역질은 멈추었지만 메슥거림은 계속되었다. 게다가 졸음까지 몰려왔다. 밀려드는 잠으로 몽롱해진 세상이 흐릿해 보였다.

"아내와 배를 타고 고기잡이를 나간 일이 있어요."

형철은 문득 기억난 듯 이야기를 시작했다. 한낮의 태양이 구름 뒤에서 흐릿한 빛을 뿜고 있었다. 그의 이야기가 꿈결에 들리는 자장가 같았다.

그때 형철은 작은 목선에 모터를 얹은 고깃배 한 척을 가지고 있었다. 그물을 싣고 마을앞 바다를 돌며 철마다 전어나 도다리를 잡아 동네 횟집 여기저기에 팔아 생활했다. 여태껏 형철이 후회하는 것이 있다면 고기잡이를 따라오겠다는 아내를 말리지 않은 것이었다. 가까운 바다에서 조금만 있다 오자던 길에서 그들은 폭풍을 만났다. 작은 조각배는 밤새도록 낙엽처럼 파도를 타고 떠돌았다. 다음날 배가 태풍을 뚫고 조용한 바다로 나왔을 때 배 안에는 물도 식량도 바닥을 보였다. 그들은 그곳에서 며칠을 보냈다. 얼마나 굶었는지 배가 고프다 못해 찢어질 듯 아팠다. 그럴수록 배 위에 기진맥진해 누워있는 아내가, 그녀의 뱃속아기가

인어가 된 남자

안쓰러워 견딜 수 없었다. 마지막 힘을 짜내 일어난 그는 하나 남아있던 그물을 바다에 던지고 바닥에 쓰러져 버렸다. 그날 밤 그물에 뭔가 걸려들었다. 묵직한 그물을 끌어올리고 나자 땀이 비 오듯 흘러내렸다. 사람만한 물고기가 그물 안에서 요란하게 펄떡였다. 그물을 열어 본 그는 놀라서 그만 뒤로 자빠졌다. 그물 안 물고기가 인어였기 때문이다. 상반신은 멀쩡한 남자였고, 하반신은 거대한 물고기의 꼬리를 하고 있었다. 아무리 낯선 바다로 밀려왔다 해도, 설마 이런 것이 잡힐 줄은 몰랐다. 인어는 겁먹은 눈으로 '꾸우 꾸우' 하고 울부짖었다. 몸을 뒤틀며 괴로운 표정을 짓더니 형철에게 양손을 모아 싹싹 빌기 시작했다. 살려달라는 말이구나 했다. 상반신뿐이지만 자신과 같은 사람 꼴을 한 인어를 형철도 죽이고 싶지는 않았다. 그는 눈도 뜨지 못하고 죽은 듯 누운 아내를 바라보았다. 결국 도끼를 집어 들었다. 첫번째 도끼질에 인어의 꼬리가 잘려 나갔다.

'크악!'

인어는 이빨을 드러내고 몸부림쳤다. 그리고 그의 오른손을 물었다. 눈 깜박할 새였다. 형철은 비명을 지르며 도끼를 휘둘렀다. 무릎 아래가 동강난 인어는 푸드덕 소리를 내며 몸을 뒤틀었다. 생선 비린내와는 다른 역겨운 비린내가 코를 찔렀다. 푸른 빛 도는 피가 뱃전에 점점이 튀었다. 인어의 신음소리가 점점 작아졌다. 형철은 인어에게

권영인

등을 돌리고 쭈그려 앉았다. 아까 잘린 인어의 꼬리 부분을 토막치기 시작했다.

　그는 인어고기를 작게 잘라 아내에게 건넸다. 누운 채 입만 벌려 그것을 받아 먹던 아내가 기력이 났는지 일어나 앉았다. 뱃전에 기댄 채 두 손으로 아내는 날고기를 뜯어 먹었다.
"그거 맛있어?"
형철이 묻자 아내는 고개를 끄덕였다.
"당신은 안 먹어요?"
그는 대답을 얼버무렸다. 그러나 애처롭게 바라보던 인어의 얼굴이 떠올라 형철은 고기를 한 점도 입에 넣지 못했다. 아무것도 모르는 아내는 고기를 맛있게 먹어 치웠다.
"여보 미안해요. 나 때문에. 내가 배에 타서 태풍이 온 거예요."
"아니, 당신 잘못이 아니야. 어차피 올 태풍이었어."
그는 오른손을 쓰다듬으며 대답했다. 인어에게 물린 형철의 오른손은 검게 부풀어 오르고 있었다. 살 썩는 냄새가 코를 찔렀다. 아내가 잠든 틈을 타 형철은 갑판 위에 묻은 인어의 피를 닦아내기 시작했다. 인어 피에서 나는 비린내와 그의 손에서 풍기는 냄새가 섞여 숨을 쉴 수도 없었다. 형철은 구역질이 났다. 몇 번을 게워내며 정신없이 피를 닦았다. 그때 형철의 등 뒤에서 기이한 소리가 들려왔다. 그가 돌아봤을 때

인어가 된 남자

아내가 인어로 변하고 있었다. 아내는 아까 인어가 그랬듯 갑판 위를 뒹굴며 '꾸우꾸우' 애처로운 소리를 냈다. 아내의 목 뒤에 커다란 아가미가 뻐끔거리고 있었다.

"여보! 왜그래?"

그는 아내를 불렀고 아내는 그를 응시했다. 그러나 아내는 곧 바다를 향해 고개를 돌렸다. 뭔가에 홀린 것처럼 바다를 향해 기어가기 시작했다.

"여보, 가지마!"

붙잡으려던 아내의 꼬리가 바람에 흩날리는 꽃잎처럼 몇 번 일렁였다. 그녀는 뱃전을 훌쩍 넘어 바다로 뛰어들었다. '풍덩!' 소리가 뒤를 이었다. 하늘은 맑고 바다는 잔잔했다. 강렬한 태양빛이 아내가 사라진 곳을 비추고 있었다. 시퍼런 바다는 아내를 냉큼 삼켰다. 모든 일이 순식간에 일어났다. 무언가를 본 것 같기도, 아무것도 못 본 것 같기도 했다. 텅 빈 눈으로 그는 한동안 그곳에 앉아있었다. 아내가 금방이라도 돌아와 악몽에서 깨워 줄 거라 생각했기 때문이다. 그러나 아내는 다시 돌아오지 않았다.

그가 구조된 것은 이틀이 지나서였다. 집으로 돌아온 그는 살던 집을 처분하고 5톤짜리 배를 샀다. 배를 타고 아내를 찾으러 나가면 아무데나 솟아 있는 바위도, 구름도 아내로 보였다. 첨벙 물소리만 나도 아내가 불쑥 나타날 것 같았다.

권영인

그는 자신도 모르게 '꾸우꾸우' 소리를 내 보았다. 예전에 잡았던 남자 인어가 냈던 것처럼 길고 불규칙한 소리를 흉내 냈다. 혹시 그 소리를 듣고 아내가 대답하지 않을까 귀를 쫑긋 세웠다. 인어가 된 아내를 찾겠다며 먼 바다로 나가는 것을 보고 사람들은 그가 미쳤다고 수군거렸다. 실제로 정신병원에 끌려가 몇 달을 그곳에서 지낸 일도 있었다. 스스로가 봐도 뭔가 이상하게 살고 있기는 했다. 그저 그물을 던졌다. 인어가 있을 만한 곳에, 가끔은 없을 만한 곳에도. 아내 없이 혼자 남겨진 세상에서 산다는 건 쓸쓸하고 비루한 일이었다.

어느 가을날, 그의 그물에 인어가 한 마리 잡혔다. 그물을 끌어올리고 보니 아직 어린 여자인어였다. 갑판에 던져진 여자아이는 다리지느러미를 푸드덕거리며 '꾸우꾸우' 소리를 질렀다. 가늘고 약한 소리였다. 그는 아이의 얼굴을 손으로 붙잡아 햇빛에 비춰보았다. 귀염성 있는 오이씨 같은 얼굴이 꼭 아내를 닮았다. 아내가 뱃속에 있던 아이를 낳았더라면 여덟 살이 되었을 텐데, 꼭 이 아이만 하겠구나 싶었다. 아이가 갑자기 분명한 발음으로 말했다.

"아버지. 아, 버, 지."

그는 아이인어를 멍하니 바라보다 물었다.

"너 지금 뭐라고 했니?"

"아버지, 보고 싶었어요."

인어가 된 남자

　형철은 아이에게 아내가 잘 있는지 묻고 싶었다. 나는 아이가 없는데 사실은 있었던 것을 잊은 것인가 했다. 그가 없는 곳에서 아내는 문득 다른 존재가 된 것인지. 아직 이곳에 있는 자신의 모습이 이상하게 보이는지. 그곳에서 아내가 무너지지는 않았는지를.
　"나 좀 데리고 가. 나도 인어가 되고 싶다. 네 엄마처럼. 너처럼."
　형철의 말에 아이는 고개를 저었다.
　"사람이 인어가 되려면 인어에게 오른손을 줘야 해요. 오른손을 받은 인어는 인어고기와 비늘을 줘요. 사람이 인어고기를 먹으면 인어가 되고 비늘을 먹으면 병이 낫지요. 그런데 아버지는 인어가 될 수 없어요. 아버지에게는 오른손이 없잖아요."
　아이는 인어가 되는 법칙을 알려주고 사라졌다. 그곳에 형철은 거의 매일 그물을 쳤다. 그러나 인어를 다시 볼 수 없었다.
　그의 이야기를 듣고 나서 나는 깨달았다. 우리 두 사람 중 인질은 바로 나였다는 걸. 인어가 되고 싶었던 형철이 나를 이곳으로 데려 온 것이었다. 나는 어느새 바닥에 쓰러져 있었다. 토하다 못해 위액에 담즙까지 게워낸 후였다. 눈을 뜬 채로 하늘이 빙빙 도는 꿈을 꾸고 있었다. 그 꿈은 조용한 바다 위에서 시작되었다. 뱃전을 때리는 물결이 흰 거품을

권영인

내며 물러났다 다가오기를 반복했다. 죽음이 아주 가깝게 느껴지는 이 바다에서 밀려오는 물결이 틈을 보이며 조금씩 열렸다. 물결을 헤치고 나타난 것은 아름답고 깊은 얼굴을 한 여인이었다. 검고 긴 머리카락이 치렁거리는 허리 아래는 물고기 모습을 하고 있었다. 그녀의 눈동자가 나를 빤히 응시했다. 형철은 반갑게 아내를 불렀다. 그녀는 천천히 배 쪽으로 다가왔다.

멀미약 때문이야. 나는 중얼거렸다. 나는 지금 악몽을 꾸고 있어. 검은 하늘을 배경으로 아름다운 인어가 나오는, 악몽 치고는 지나치게 감동적인. 인어의 꼬리가 철썩 하고 물결을 부순다. 은빛으로 빛나는 꼬리가 반짝인다. 조그만 것들이. 꼬리에 붙어있는, 손톱만한, 비늘이. 가만있자. 비늘이라니. 인어의 비늘이라니. 어디선가 본 듯한 단어야.

형철이 나를 향해 달려왔다. 내 손에서 도끼를 뺏어 들었다. 내 오른손을 겨눈 도끼를 하늘로 쳐들었다. 그러나 도끼를 휘두르지 못하고 멈칫 손을 멈췄다. 그는 쉰 목소리로 중얼거렸다.
"내가 아무리 독해도 댁의 손은 못 자르겠소. 차라리 인어가 안 되고 말지."

인어가 된 남자

그의 말에 나는 깊은 실망감을 느꼈다. 아름다운 악몽이 이렇게 끝나서는 안 된다.
"내 손을 잘라요!"
나는 소리를 질렀다.
"내 손을 인어에게 주고 아저씨가 인어가 돼야죠."
나는 도끼를 주워들었다. 그리고 내 곁에 누워있는, 무엇과도 바꿀 수 없는 아이를 바라보았다. 나는 드디어 잔인해졌다. 아이를 위해서 도끼를 휘두를 준비를 마친 것이다.
"제 손 가져가면 인어비늘 줄 거지요?"
내 말에 그가 말리려는 듯 손을 뻗었다. 내가 형철보다 조금 더 빨랐다. 나는 도끼로 내 오른손을 내리쳤다. 내 오른쪽 뺨에 피가 튀었다. 하나도 아프지 않았다. 이것은 꿈이므로. 아니다. 오른 팔에 끔찍한 통증을 느꼈고 그대로 정신을 잃었다.

내가 정신을 차린 것은 한참이 지난 후였다. 배는 아까보다 심하게 흔들리고 있었다. 바람에도 빗물이 간간히 섞여왔다. 내 오른손에는 붕대가 감겨 있었다. 팔의 고통은 아까보다 덜했지만 두통과 현기증은 여전했다. 나는 아이를 살펴보았다. 아이는 편안히 잠들어 있었다.
"고맙소. 나는 애엄마 덕분에 인어가 되었으니."

권영인

　형철의 목소리에 고개를 들었다. 그는 뱃전에 양쪽 무릎을 세우고 앉아 있었다. 바닷바람에 그의 흰머리가 마구 흩날렸다. 어두운 바다를 배경으로 앉아있는 그의 실루엣이 하얀 덩어리처럼 낯설게 보였다. 그의 등뒤에서 어떤 기운이 솟아올라 그를 둥그렇게 감쌌다. 알 수 없는 감격에 겨운 나머지 그가 세상에서 가장 아름답고 성스러운 사람인 것처럼 보였다. 이 모든 느낌이 멀미약기운 때문이라고 생각하면서도 나는 그에게서 눈을 뗄 수 없었다. 그의 다리가 없어지고 있었다. 아주 천천히 그의 다리가 물고기 꼬리로 변해갔다.
　"내 꼬리에서 비늘을 떼어가시오. 인어 비늘 필요하다면서요. 이게 인어 비늘이에요."
　쑥스러운 듯 자신의 비늘을 손가락으로 가리킨다. 나는 며칠동안 굶은 개가 먹을 것을 발견한 것처럼 그의 비늘에 달려들었다. 한 개, 단 한 개만 떼어내려는 데, 마치 철조각처럼 두껍고 촘촘하게 붙어있는 비늘에 내 손만 자꾸 베였다. 형철은 답답한지 작은 칼을 꺼내 자신의 다리에 붙은 살을 비늘이 붙은 채로 숭덩 베어냈다. 피가 번졌다. 동시에 비릿하고 축축한 바다 냄새가 코를 찔렀다. 그가 준 살덩어리를 움켜잡는 내 손이 덜덜 떨렸다.
　나는 살덩어리에서 인어의 비늘을 떼어냈다. 아이의 입술에 비늘을 대주었다. 아이는 멀뚱히 눈만 깜박였다.
　"내 새끼, 아가, 먹어봐. 냠냠냠. 이렇게."

인어가 된 남자

　　아이는 내 입모양을 따라 입술을 오물거리다 인어 비늘을 빨기 시작했다. 천천히, 아주 천천히 비늘을 삼켰다. 그제서야 안도감이 밀려왔다. 내 눈물이 뺨을 타고 흘러 아이의 얼굴에 떨어졌다. 아이는 놀란듯 나를 응시했다. 누워있던 자리에서 일어난 아이는 달려와 내 품에 안겼다.
"엄마!"
　　아이가 나를 불렀다. 나는 아이를 힘껏 껴안았다. 그 순간이었다. 아이가 갑판 위에서 무언가를 집어 들었다. 아이는 그것을 입안에 넣었다. 눈 깜박할 새였다. 설마, 하고 나는 생각했다. 비늘을 떼어낸 인어의 살덩이는 아니겠지. 나는 아이의 입을 억지로 벌렸다. 그러나 내가 아이의 입에서 그것을 빼내기도 전에 아이는 그것을 삼켜버렸다. 나는 비명을 질렀다.

　　비가 쏟아지기 시작했다. 천둥과 함께 비바람이 몰아쳤다. 그러나 아이는 비에 젖지 않았다. 번개의 파편 같은 빛 덩어리에 싸여 하늘로 떠올랐다. 나는 꿈을 꾸고 있었다. 찬란한, 황홀한 꿈이었다. 하늘로 떠오른 아이는 순식간에 원을 그리고 날아갔다가 다시 돌아왔다. 아이의 다리는 물빛 비늘로 덮여갔다. 아이는 행복한 표정으로 나를 향해 손을 흔들었다. 이어 '풍덩' 소리가 났다. 만약 그 순간 내가 정신을 잃지 않았더라면 아이가 사라진 물속으로 분명히 나도

권영인

뛰어들었을 것이다. 뭐라고 표현할 수 있을까? 아이처럼 나도 인어가, 편안하고 부드러운 미소를 짓는 그토록 아름다운 인어가 되기를 나는 열망했다.

며칠 후 나는 해양경찰에게 구조되었다. 태풍이 휩쓸고 지나간 후 나는 부서진 배 파편 위에서 발견되었다. 극심한 탈수로 병원에 실려 갔다. 몸이 어느 정도 회복된 후 병실로 경찰이 찾아왔다. 나는 보고 들은 모든 사실을 설명했지만 그들은 믿지 않았다.

"그래서요? 김형철 씨가 인어였다는 말이죠? 아님 인어가 김형철 씨였다는 겁니까?"

"인어는 그 사람 아내였어요. 김형철 씨는 사람이었는데 나중에 인어로 변했고요."

경찰들이 서로의 얼굴을 바라보았다. 그중 한 명이 손가락으로 머리 위에 빙글빙글 원을 그려 보였다. 동서고금을 막론하고 진실을 말하는 이들은 미친 사람 취급을 받았다.

나는 세상으로 다시 돌아왔다. 그러나 10년이 지난 지금까지도 나는 H군을 떠날 수 없었다. 지금도 그 바닷가에는 청동 인어상이, 빨간 등대가 바람을 맞고 있다. 바람은 낯선 노래와 함께 불어온다. 인어들이 서로를 부르는, 인어들이

인어가 된 남자

인간을 부르는, 때로는 인간이 인어를 부르는 쓸쓸하고 외로운 그 소리와 함께.

인어가 된 남자

ⓒ 나비와북, 2025. Printed in Korea

지은이	권영인
번역	유경하
표지 디자인	Joe Fitz
내지 편집	Joe Fitz
전화	010-8227-8359
홈페이지	nabiwabook.com
이메일	nabiwabook2021@naver.com
블로그	blog.naver.com/nabiwabook2021
인스타그램	instagram.com/nabiwabook_publisher
출판일	2025년 02월 20일

ISBN	979-11-989928-1-9
값	6,000 원
일러스트 저작권	ⓒ 2025

- 이 책의 판권은 지은이와 나비와북(Nabiwabook)에 있습니다.
- 이 책에 실린 내용의 무단 전제와 무단 복제를 금합니다.
- 이 책 내용의 전부 또는 일부를 재사용하려면 반드시 양측의 서면 동의를 받아야 합니다.